淋しい熱

楠木 菊花

文芸社

目次

ほんのりスパイスと気の利いたジョークとイヤミ
楽しく食べられないようじゃ　テーブル席は賑わわない

「花」

いいいいいいいいいいいいいいいっぱい
花びらが付いていたので
みいいいいんなむしってやろうと思いました
でも、ふと君の顔が浮かんだので…
やっぱりぜえええええええんぶむしってやりました

イルカは賢いから
良い人間と悪い人間の
区別がつくのだそうよ
だからイルカは
あんたに近寄らなかったのかな？
ワタシはあんたに
近寄ったのにねぇ
ワタシはイルカじゃないからねぇ
人間の区別がつかないのかな？
イルカさんは賢いねぇ
ワタシとは違うねぇ

滅びのビジョンを
真っすぐに見つめている
過去の真実なのか
未来の予言なのかは
これから決定する事実

あの時　嘲笑《わら》った子供
映像の前で
大人になって
今立ち尽くしている

そんなに分かっていることばかり言わないで
知っていることばかり言わないで
知らないことを教えて
驚くようなことを言って頂戴

しゃべれなくなるくらいに
大きな大きなキャンディーを頂戴
口に含んだら黙ってしまうくらいに

黙って見てるから
驚かせて頂戴

自爆しておきながら
他人に罪を転嫁する
その頭の弱さ
生きた経験で
補えると思ってるの

根底を崩されると
途端にあたふたして
目の前が見えなくなるね

あなたの心臓
見～つけた

「イジワル」

オシャレになったあの子が
たまにダサイ服を着てくると
ウレシかったりさ

そんなに病んでいるんだね
あからさまに見えることに現して
確認して
確信し合ってる
それでやっと、意味は見えたかい

希薄な接触だから
爪の先ほどの認識で
想像の壁は堅く
二度と現れない
恋人気取りの
電波の住人
デジタル粒子の
固まった色彩に
濁った目玉が
反応する
今日もまた
一人捕まえて

Ｈｅｙ!!　頑張ってる？
僕は頑張ってないな
あははは
ザマーミロ

笑顔ばかりを
印象づけようとしたって
歪んでいくよ
その記憶
泣いて怒った顔
踏みにじって
塗り重ねたあの日
季節変わりの風と共に

不安が歌を歌いだす
コーラス付きで歌いだす
美しい声で
何重にも音を重ねて
何重にも声を重ねて
これはオペラだ
ロックだ
バラードか
一体何だ　何なのだ
不安が大合唱をしている
輪唱まではじめている

あ〜〜〜ゴメン。
心の中で
１００回謝るから
許して。

コメディアンは
世界一のコメディで
世界中を笑わせたけれど
心の中では
誰かを笑い飛ばしたい
残酷さで満ちていた

「飼い猫」

にゃーと鳴いてみせましょうか？
あなたの思い通りに

ごろごろとのどを鳴らして
すり寄っていきましょうか？
あなたの気分のいいように

単純にカラ回り
純情に横ヤリ
情熱的に迫真
的中なブッ飛び
中毒にハタマタ…

「針もの」

うに、栗、ハリネズミ
キミタチ針を取ったら
何が残るの？
何を残そうとしているの？

染み着いた下心なんていらないね
虹色の花束なんていらないね
私の欲しいものはたった一つだ
君に欲しいものはたった一つだ
夢が腐る香辛料なんて必要ない
いらないものばかりだ
私には上手く使いこなせないよ
君には使いこなせるのかい？
そんな君ならいらないね
夢見る心の端くれなんて必要ない
君の心の片割れなんて汚くて必要ないね
汚れたギトギトのものばかりが好きでね
キラキラとこれ見よがしの光を放つ宝石はキライだね

ヒニクりながら　見下しているけど
恐れを見せたら　僕らはジ・エンド
滑稽さなんて　もう目を見張らない
虚勢が威勢に早変わり、七変化
化けたら君も　僕も、同じモノ
成り果てたら　気づかない
カン違いの中の嘘、偽り

寂しい迷いが　あなたを包む

奪われそうになったとき　あなたは何を選ぶ？

透き通る風の中を、君は泳いでいく
君には
眩しい緑が視えますか?
熱い光が
心の嘘が
視えますか?

心の中まで
光を当てて探らないで
ムルクンは光に弱いから
おびえてしまうわ

ぐらぐらするんだよ
ぐらぐらする地面に
ぐらぐらと生きているんだ
頭はいつもくらくらで
体もいつも揺れている
何も真っすぐには見えなくて
何も本物には見えない
何もかもがあやふやで
何もかもに輪郭が無くて
何もかもが暗い色をしていて
何もかもが何だか分からない

思い通りにならないコトぐらい知ってる
けれど全くならないなんてヒドイんじゃない？
一つか二つ思い通りになればいいのに……
半分が叶えば　もっといいのに

「サクラ」

こんなに綺麗なサクラ
どうしてすぐに散るの
どうして不思議な心にさせるの
どうしてサクラの花だけを
散るのを惜しんで悲しむの
手の平に落ちる花びらは
こんなにも小さいのに
決して放せないのは何故？
散りゆくサクラは　夢の形見…
綺麗で儚い夢の形見……？

砂がこぼれ落ちる
何かがこぼれ落ちてゆく
砂と一緒にこぼれていってしまう
受け皿も灰になって
消えてしまった
砂は流れてどこかへ行ってしまった
何かも一緒に流れ去っていってしまった
忘れてしまった何かがある
忘れたことさえ忘れさせてしまう何かがある
それはもう思い出せない

悲しみの縁で漂い
君は居場所をなくしている
陥れる過去
螺施する未来
つながりながら
千切れながら…

悲しいんじゃない
苦しいんじゃない
負け犬かもしれない
惨めかもしれない

けれど、
おしゃべりなカラスになります
言葉が不足しても
意味が分からなくても

心の真ん中にドカドカと曲が入り込んでくる
大きな音で
何も聞こえないように
何かを考えるスキを与えないように
ドカドカ流れてきて
ドカドカ過ぎていってほしい
ドカドカドカドカ入ってきて
出ていって
全部押し出して
空っぽにしてほしい

三年目の春が来て
また同じ思いを味わう
同じ虚しさを抱え
同じ期待を持ち
同じ夢を続け見る

似た様な花が咲き
似た様な光が射し
見た様な景色を見て
この窓から外を…

この窓から外を見る
この窓から空を見る

未来なんか望めないよ
夢なんかガラスみたいだし…
不安と不満と
現実逃避とやりきれなさと…
そればかり
いつもいつでも

ひび割れた穴を塞いで下さい
そこから風が吹き込んできて
何かが逃げ出していってしまう
そのたびに大きく広がって
気が狂いそうになる

風が砂を運ぶなら
私の心も運んで下さい
風が綿帽子を運ぶなら
私の命も連れていって下さい

ただ　だだをこねて
ぐずりたがってる
どうしてこんなに
ガキなんだよ

僕の後ろに乗らないか？　もっとも、
君の言うことなんてきかないケドね

しらけさせんなよ
お前がいいって
言ったんだぜ
お望み通りに
「果て」まで
連れてきてやったのに
「飛び込めない」
とはどういうことだ？
「あんたのせいで堕ちた」なんて
今さら責任転嫁かよ

俺を選んで
俺についてきたのは
紛れもなく
お前の選択で
お前のしてきたことだぜ
俺の横で
泣きっ面見せても
お前の責任なんて
背負ってやらない

何かしたいくせに何もしないだろ
何もしたくないくせに何かしたいだろ
自分をどうにかしたいくせにできないだろ
できないくせにできないのを他人のせいにしてるだろ
だからイラついてるんだろ
自分は努力しないで認めてもらいたがっているだろ
認めてもらいたいんだろ
そのくせ何もしない
しないだろ
認めてもらえないのを他人のせいにしてるだろ
他人のせいにするだろ　そしてムカついてるだろ
自分を変えたいのに恐いんだろ
これ以上悪くなることを恐がってるだろ
それでもできないことでハつ当たりしてるだろ
そして他人のせいにしてるだろ、してるんだ

こんなむくんだ体で
眉一つ動かさずに
可愛くなんてないよ
特徴の何一つない顔
パーツどれ一つとっても
可愛い要素なんてないのに
騙さなければ
やっていけない
このアタシに毒をちょうだい

ほら、夢が奏でるから
そのままでいてよ
五線の上からはみ出さないように
想いのかけらを上手く乗せ
音プと音色に研ぎ澄まされて
ジャックみたいに尖ったら
この楽譜を切り裂いて
空気の中に　ちりばめよ

「君の秘密」

破壊を怖れている
見て見ない振りをする
残酷さを忌み嫌っている
その目で僕を排除する

「カラス」

カラスのように
図太く、ずる賢く生きましょうか
くちばしで、爪で、執り取りましょうか
翼と黒で、覆い尽くしましょうか
この瞳で、声で、なきわめきましょうか

私は認めない
認めてくれないから認めない
認めてくれようともしないから
認めたくもない
認めてなんかやらないし、やりたくもないよ
それでも認めろというの？

全て壊してしまいたい…
そうすれば
自分を一番最初に壊してやるわ

「娼婦」

体は売ってやれるけど
心は売ってやれないね
体ならくれてやる
心まではくれてはやれない

心が欲しければ
自力で奪ってみな
何の駆け引きもなしに
何とも引き替えなしに

そんな金はいらないね
そんな汚い金はいらない
そんなもので払ってくれるな
金はいらない
心をくれ

心で払ってくれ

あたしは高いよ

われぇ！
なんぼのもんじゃ！
お前がなんぼのもんじゃ！
口じゃなんとでもいえるぞこらぁー
われぇの口縫い付けて
動きでやってみんかい
動きで見せてみんかい
動きで納得させてみんかい
動きでやってみんかいこらぁー！

「ヒナ」

巣から落ちた時点で
負けた証
一時の同情だけで
助けたいと願っても
エゴは何の役にも立たない
明日になれば
脱け殻に敬意も払わずに
摘んでゴミ箱に捨てる
虚ろな自分を見つけるはずさ

カビが生えてたって
腐り落ちてたって
誰にも屈服なんてするな
気が強いのなら
思い知らせてやりなさい
最後まで残って
思い知らせてやりなさい
選ばれるんじゃないのよ
選んでやりなさい
あなたには「あなた」が在るのよ
「あなた」だけよ

求めてないなら
捨ててもいいんじゃない？
求めているなら
獲ってもいいんじゃない？
媚びることしかできないのなら
それでもいいんじゃない？
それでもあなたでいられれば
それだけ必要なのなら
それでいいんじゃないの？

他人《ひと》が嫌いなのは
他人に媚びている私だ
他人が嫌いなのは
他人が嫌いな私だ
他人が嫌いなのは
自惚れている私だ
私が嫌いなのは
そんな他人《たにん》だ

いやらしい熱を発散して
欲情してるのに
外聞が気になって
なかなか身を堕とせない

微妙さと抑制が
新たな熱を引き起こし
襲いかかる衝動に
冷めた気持ちと
熱い体が反応する

ちぐはぐに
繋ぎ止められている
理性、ブッ飛ばし
すぐさま飛び込んでしまいたい

僕らのココロは
国語の問題なんかじゃない
二次元の世界で片付けられて
浮かれているほど
バカじゃない

ただ あなたを好きだと思った気持ちは
弱さからくる依存とエゴでした

泣けない私を
　責めてください—
泣かない私を
　責めてください—
泣いた私を
　優しく見ていてください—
泣いたら私を
　どうしますか—

僕ら二人　よく似てる
嘘ばかりついて

幾重にも隠したつもりが
端的《たんてき》に的《まと》をついている

そっと近づく君の　気配
そっと忍び寄る君の　靴音
そっと蝕む君の　面影

「嫉妬」

あなたは私のものじゃない
解ってるけど
それでもイヤ
気になる子がその子なのだと
知ってしまったけれど
それでもイヤ
そんなこと言える立場じゃないし
言ってもどうしようもない
けれどイヤ、 絶対イヤ

我慢できない
しゃべらないで
その子と話さないで
そんなに楽しくしないで
それでもって
こっちを向いて
意味ありげに笑わないで
そして私に自慢しないで
嬉しそうにしないでよ

なんでここに戻ってくるんだろう
螺旋の中
過去と未来の渦に迷い込んで
荒くねじり合って　揉み込まれた感情

ねじ曲げてでも進みたかった
記憶に埋まる甘さの春

あなたが好きなら好きと言いたい
誰にも気付かれずに
誰にも傷付けられずに
心の奥底に潜んでいる
あなたに泣かされる

できあいのラブソングに
身も心もフラフラにされ
策略も惑わされた
意気地なし

背中を後押しするのは
勇気じゃなくて
ただの焦り

慎重すぎて
何度も逃したでしょ？　って
笑顔で誘うな
広告塔の住人のくせに

花吹雪に　身を隠して
あなたが来るのを　待ちわびている
夢に　身を隠して
あなたの心を　待ちわびている
いつか　桜が散って
心が虚しくなってしまっても
桜は吹雪いたまま
夢の花びら吹雪いたまま

全て知りたい
全てを知りたい

体の傷も
心の傷も

全て

癒せるなんて
自信はないけど

理解すら
できないかも知れない

けれど　見せて
見せてくれたら
その自信で
やれるかも知れない

そして見てよ…

あなたの為に　泣くんじゃない
誰かの為に　笑うんじゃない

身を震わせるのは

悲しいんじゃない　寒いからよ…

あなたの為に踊っているの
真っ赤な鉄板の上
あなたが止めるまで踊り続けて
気が狂っても踊ってる

春の風が吹いてくる
冬の風が吹いてくる
あなたの風が吹いてくる

心の灯《ともしび》消えるとき
あなたの面影　消え失せる
あなたがくれた　思い出は
今はただのがらくたです
捨てるに困る粗大ゴミ
積もり積もって
腐臭を放つ
たまに見つけて　遊び出す
止めるに止まらぬ
がらくた遊び
捨てるに捨てられぬ
粗大がらくた
あなたが残した
がらくた遊び

その一言で
君と僕との距離は
ふりだしより
もっと　遠くへ行ってしまった

そんなふうに笑わないで
僕が苦しくなるから
締め付けられて
締め上げられて
苦しくなるのは
恋なんかじゃなくて
僕が醜いから
それが気になるから

全てを抱きしめたいと思うほどの幸せをください
全てを大切にしたいと思う気持ちをください
憎む醜さを無くしてください
悩まない性格をください

他人《ひと》を不愉快にさせる私を殺してください
この虚しさを埋めるコンクリートが欲しいのです

あったかく　あったかく
みつめていてあげる
いつまでも　いつまでも
それでいいのなら

ずっと　ずっと
君のそばに
いてあげる
あなたがそうと
望むのなら

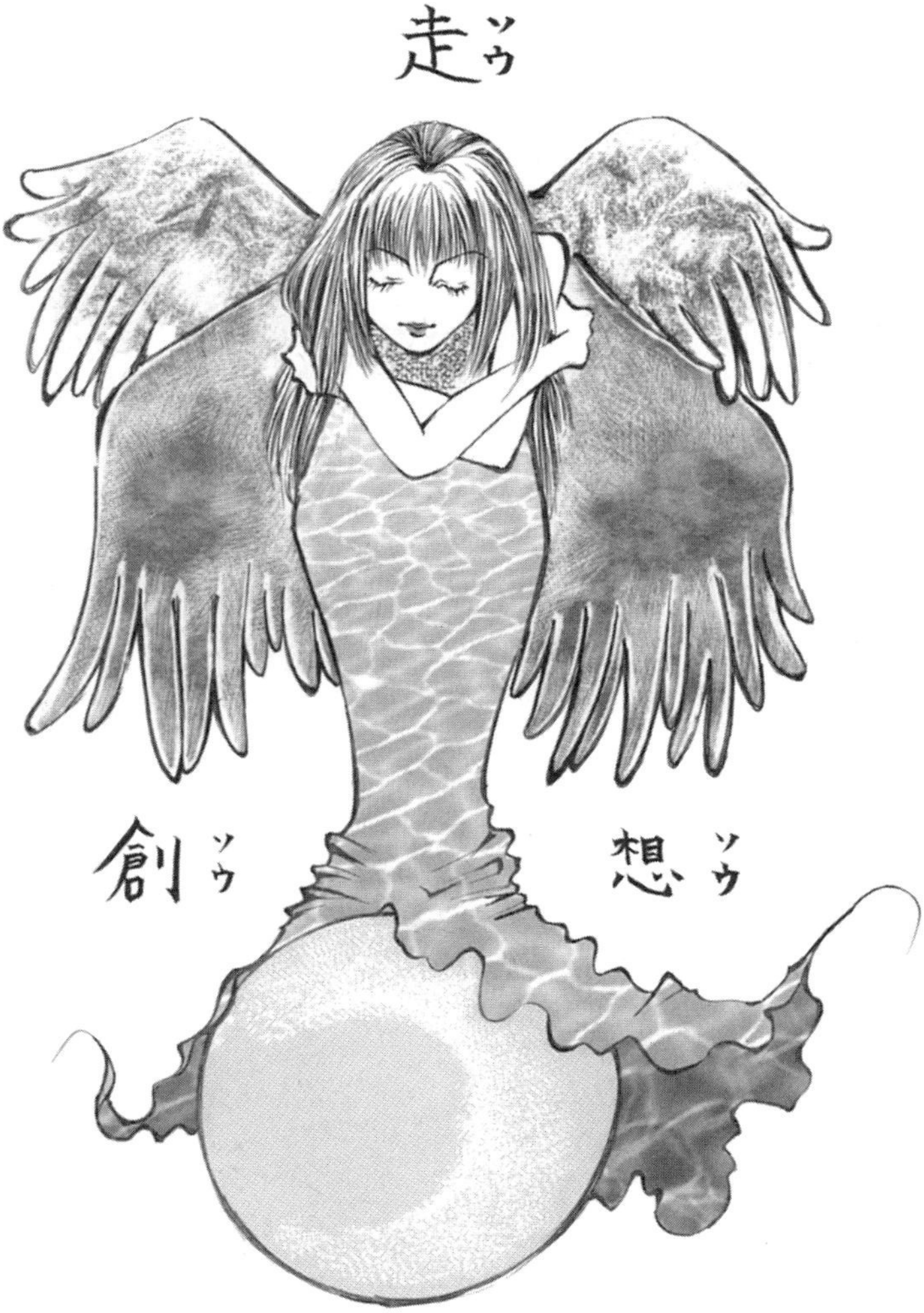

走ソウ

創ソウ　想ソウ

囲まれた輪の中に
ひとり、とり残されて
頭上にこだまする
残酷で切ない
童謡の響き
ぐるぐる回れ
くるくる踊れ
笑顔が線を引いて
遠ざかっていく

腕を伸ばし
追いすがっても
通り越した唄は
もう想い出せないよ

カモメカモメ
カモメカモメ
カゴノナカノトリハ
イツイツデアウ？

君の心の果てに巣喰う　夢の獣人になりたいな
四葉のクローバーを探し当てる　発掘家になりたいな
赤ちゃんを運ぶ　ペリカンになりたいな
キャベツ畑に住みたいな
星の秘密を盗み聞く　寺院の飾りになりたいな
蟻の吐息を感じる　寝室の土になりたいな
君の話を伝える　手紙の文字になりたいな

あんた
〝ちょっと遅れる〟って
一体いつまで
待たせるつもり？
どこのアスファルトの上で
くたばっちまったか
知らないけどさ
約束だけは
ちゃんと守る奴だったじゃないか
この約束
小っちゃい約束だけど
ケジメつけて
守ってもらおうじゃないか

あたしゃ　この日に
別れるつもりだったんだ
宙ぶらりんに
放ったらかして
最後まで放っとくつもりかい？
忘れられるなんて
はずがないこと
あんたよく知っていて
本当いつまでも
意地の悪い奴だね

体温を
奪って逃げる泥棒に
威嚇射撃をぶち込んだ
分裂うさぎが炸裂する

紅茶会のお誘いに
招待状が間違ってるから
拒否されるんだ、と
耳打ちするカラスたち

甘い緑の世界では
迷いの木立がねじ伏せられて
吊り下げられた亡骸が
引きずる想いを打ち切るんだって

「ビル」という木が並び立つ
不自然な森の中
縫い付けた笑顔が
たまらない

落ちてくる
燃えカスがこびりついて
僕の上着

『カナメ』が笑ってる

悪鬼の呪いは
花降る里に
かけられた

千年の目覚めを
許されない琴姫

時代に遅れ
目覚めた里は
鬼の呪いの意味を解き明かす

軽やかに踊る　夕暮れの鳥になる
楽しげなステップの　三日月夜の黒猫になる
透き通った歌声で　歌を歌う　大地になる
長い髪がしなる　ハワイアンダンサーになる
夜はこれからさ　これから夜がはじまるのさ
楽器はいよいよ高く鳴り
宴はますます華やかに
踊りはたしかに激しくなって
歓声はかすかに震え出す
手拍子は速くなり数が増える
足踏みは多くなり難しくなる
これからが夜さ　蒼い月の夜

君は好きだろ　こんな夜

ぐるぐるキャンディが
目を回しているから
トンボのように
踊ろうよ
回れ回れメリーゴーランドのように
黄色い木馬に乗ったなら
青い草原をひた走ろう
白馬の騎兵隊が
ラッパを吹きながら
通り過ぎてゆく

後を追いかけようぜ
子どもたちがついてゆく
そのまま川へ
引き込まれるのを
知らずに
引き込まれるのも
知らずに

「海底の城」

遥か昔に
栄えていた

そこには幸せな王様と
王女さま

海藻の紗に隠れ
水を震わせ歌っていた

波に乗って
歌声は届き

生き物は次々に
進化していく

生命の炎に
ポッと明るさが灯り
微かに聞こえてくるでしょう
海底からの
祈りと祝福

君の心に注ぐ、光になって
君の心に降る、雨になって
君の心の奥に潜んでいる、獣になろう
ここに、全てを映す鏡を置いて
心行くままご覧下さい
僕らの全てを

月がこぼす涙を地上で受け止めている私
小猫が涸れた涙を流しながら　ため息をついている

黒花が咲く夜空の花畑
冷えた風が肌を強張らせ
さらわれたい気持ちでいっぱいになる
ふと実を結ぶ輝きの塊たち
ちぎって飲み込めば　体が光を放ちだす
包容の色を示して導き始め
体ごと夜空へ還元されていく

鬼が
金棒にも満たない
ミルクバーを持って
高圧的な威嚇で
崩してしまおうと
走ってくる
崩す楽しみを知ってしまった
狂信者は
何者にもなれないの
ワタシであることさえ忘れ
ワタシになることさえ
どうでもいいから

雨が止んだ後には、虹ができるでしょうか
湿った草原を走り続けてゆく

いつしか獣の姿をした自分に戻り
狂しいダンスを踊りましょう
二人、魂を感じながら……

雨上がりの草を踏んで
跳ねる返り血を浴びましょう
朽ちる程に楽しい夜更け――

三ツ目の女の子
3番目の瞳で
見下すことでしか
自分を守れないの

冷たい心が
傷みに慣れてしまって
今さら温かさをくれたって
もう、遅いのよ

シアワセアレルギー
ジンマシンが
造りモノみたいな体を覆う
路地裏で嘔吐しながら
それでも幸せを願うの

私の中に巣食っている病は
意外にタチが悪くて
あからさまに流行っている
今時の病じゃない
水面下でひっそりと
毒のようにじっくりと
蝕んで
気づいた瞬間
飲み込まれ
意識を喰われる

逃げた女の
行方を知っているかい?
イエロームーン…
あいつは
人一倍汚い心を持って
窮屈そうに働く
いい女だった

白々しいセリフを連呼しては
頻りに赤いバラを送ろうとする俺を
冷たさと哀れみの含んだ
瞳でよく見ていた

なあ、あいつは今
どこの路地裏で
夜を忍んでいるんだい?

教えてくれよ
イエローム一ン…

月ばかりが
やたらとめだつこんな夜は
どこからともなく
野犬が争う声がして
お前の悲鳴と重なって
あの日のことまで
思い出されてくるのさ

イエローム一ン……
イエローム一ン……

美しい醜女を知らないか……?

あなたが見つけるものが全て

引き千切られたクズが
灰のように
散漫に浮いて
肺に付着しては
呼吸困難へと陥れる

エラ呼吸は
楽しかったかい？

限定された生き方は
侮辱に値するのだろうか

全てを知ろうとして
一体何を得ようとするんだよ

物知り顔で振る舞って

目前の恵まれた環境さえ
見落としてるっていうのに

水から出してもらえないことも
出ないほうがいいことも
出たくないことも
水中に帰ることも

適した世界を選んで
なかなか出られないとしても
それを裁く権利なんて
誰も持っちゃいないのさ

そう、あんたが振りかざそうとしている
その権利こそが
水中の中のものだからだよ

相手の心に石を穿ちながら
どうして
まっすぐに生きていたいと思うの
ずるい生き方ばかりしかないのに
どうして
美しさを強調するの

たった一つでいい　一つでいいよ
一つでいいのに　それが叶わないものだから
叶っていないから多くを望んでしまうよ

みんな
顔と腹では違うことを考えているのに
素直に腹を見せた者は嫌われて
顔で笑っている人を選ぶんだね

笑っていたいけど
笑ってなんていられなかった
無言と無意識の
何かが私を押しつぶすのよ

触れられるものだけが
本当なんじゃないよ

マネキンがこの世を支配する
何も語らない　何も視えない
動かない　感じない
鈍感なロウ人形たち
操りやすくて
操りにくい

真に強くなりたいなら
弱さも知らなきゃダメなんだ、って
昨日教えてあげたじゃない

「鏡」

僕を映しているのに
僕じゃない
僕と同じなのに
同じじゃない
そこに手をつく
向こうでもついている
でもくっついてはいない

一番近いのに
一番遠い自分自身

泣きそうな人に限って、泣かないんだぜ
何も言わない人に限って、心はおしゃべりなんだぜ
軽蔑してる人に限って、凄かったりしてね

高慢になると
見失ってしまう
自信を持つと
気付かなくなってしまう

だから何もできない
なんてそれは
やらないことへの言い訳

笑いたいのに　笑えなくって
笑いたくないのに　笑ってる

わたしは独り
勝手に深刻で
誰も近寄らせない
嬉しそうに不幸ぶって
引き寄せてきては
遊んでいる

散る時は、潔く
後悔も
諦めもない
ただ潔さで

誰にも見えない所で
笑ってるの
誰にも見えない所で
泣いてるのと
同じように

過小評価も
過大評価も
大っキライだぜ。

著者プロフィール

楠木《くすのき》 菊花《きっか》 (Kusunoki Kicca)

1979年10月6日 岐阜県郡上郡八幡町生まれ
岐阜県立郡上高等学校卒業
現在は桜花学園大学在学中

淋しい熱

2001年10月15日　初版第1刷発行

著　者　楠木 菊花
発行者　瓜谷 綱延
発行所　株式会社 文芸社
〒112-0004　東京都文京区後楽2-23-12
電話　03-3814-1177（代表）
03-3814-2455（営業）
振替　00190-8-728265

印刷所　株式会社 フクイン

ISBN4-8355-2542-6 C0092